GIRASSOL

ELIAS JOSÉ

Namorinho de portão

2ª EDIÇÃO

ILUSTRAÇÕES AVELINO GUEDES

CB003260

MODERNA

© ELIAS JOSÉ 2002
1ª edição 1986

COORDENAÇÃO EDITORIAL Maristela Petrili de Almeida Leite
EDIÇÃO DE TEXTO José Gabriel Arroio
COORDENAÇÃO DE PRODUÇÃO GRÁFICA Fernando Dalto Degan
COORDENAÇÃO DE REVISÃO Estevam Vieira Lédo Jr.
REVISÃO Liduína Santana
COORDENAÇÃO DE ARTE Wilson Gazzoni Agostinho
EDIÇÃO DE ARTE Ricardo Postacchini
PROJETO GRÁFICO Moema Cavalcanti, Silvia Massaro
ILUSTRAÇÕES Avelino Guedes
COORDENAÇÃO DE DIAGRAMAÇÃO Edimilson Carvalho Vieira
DIAGRAMAÇÃO Iara Susue Rikimaru
SAÍDA DE FILMES
COORDENAÇÃO DE PRODUÇÃO INDUSTRIAL Wilson Aparecido Troque

IMPRESSÃO E ACABAMENTO Forma Certa Gráfica Digital
LOTE 797.370
COD 12032655

Dados Internacionais de Catalogação na Publicação (CIP)
(Câmara Brasileira do Livro, SP, Brasil)

José, Elias
 Namorinho de portão / Elias José ; ilustrações de
Avelino Guedes. — 2. ed. — São Paulo : Moderna,
2002. — (Coleção girassol)

 1. Literatura infantojuvenil I. Guedes,
Avelino. II. Título. III. Série.

02-1970   CDD-028.5

Índices para catálogo sistemático:
1. Literatura infantil   028.5
2. Literatura infantojuvenil   028.5

ISBN 85-16-03265-5

EDITORA MODERNA LTDA.
Rua Padre Adelino, 758 - Belenzinho
São Paulo - SP - Brasil - CEP 03303-904
Vendas e Atendimento: Tel. (0_ _11) 2790-1300
Fax (0_ _11) 2790-1501
www.modernaliteratura.com.br
2025

Impresso no Brasil

1   3   5   7   9   10   8   6   4   2

Para Silvinha, Iara, Érico e Lívia:
o amor de sempre.

Sumário

Festa no arco-íris

A festa que eu fiz
no arco-íris
é pra menina
bailarina
ficar feliz.

E a estrada
do arco-íris
foi iluminada
pela luz do sol
logo ao amanhecer,
pra amada
bailarina menina
não se perder.

E toda a passarinhada
cantará em revoada.
E as cores amigas
vão virar cantigas.
E a flor mais bela
vai abrir pra ela.
E a dona esperança
vai virar criança.

E tudo que eu trouxe
será circo e magia
será dança e doce
pra alegrar o seu dia.

E toda a garotada
dançará encantada
com a menina
bailarina

A festa que eu fiz
no arco-íris
é pra menina
bailarina
ficar feliz.

A pata da gata

A pata
da gata
ata, ata
e desata.

A pata
da gata
ataca
a maritaca
e a bota
da Maricota.

A pata
da gata
bate na bola,
batuca na lata,
luta com a rata,
cutuca na nata.

A pata
da gata
ata, ata
e desata
e não acata
as ordens da gata.

Valsinha de viúvos

Vovô viu Vivina,
a vizinha,
viúva do velho Ivo.
Vivina vinha vibrante,
vestida de verde
vistosa e vivaz
verdadeira uva.

Vovô viu Vivina
e a vista vibrou
e a voz deu vivas
e a vida voltou.

Vivina viu vovô,
velho viçoso,
vigiando-a vidrado
da vidraça.

Vi vovô
e Vivina
("vozes veladas,
veludosas vozes")
vagando na vila,
vendo se viam
o vagaroso vigário.

Bem-te-vi

Bem-te-vi,
te vi, bem.
Te vi bem,
meu bem,
vi e revi.

Te vi
logo ali
no terreiro.
Todo faceiro
num bafafá,
de lá pra aqui,
daqui pra lá.
Te vi,
cheio de si,
meu bem-te-vi.

Bem que te vi

e te ouvi.
E falei e repeti:
— Bem-vindo seja,
por aqui.
Se bem me queres,
se me queres bem,
meu bem-te-vi.

Os sonhos de Soninha

Com quem sonhas,
Soninha?
O que vai virando
tua cabecinha?
Em que mundo maravilhoso
te moves agora?

Se sonhas
com o bicho-papão,
que ele vá logo embora.
Mas se sonhas com o amor,
que o sonho dure hora.

No teu sonho solto,
Soninha,
que tudo seja colorido,
com peixes, beija-flores,
borboletas, estrelas belas
e cavalos coloridos.

Sonha sem medo,
Soninha,
e descobre o segredo
das cores.
O azul tem asas e luz.
O rosa sorri discreto.
O verde é muito esperto.
O cinza se esconde tristonho.
O vermelho espalha festa.
E o amarelo é mais que cor,
é um elo, belo,
entre o ouro e o sol.

Sonha, sonha, Soninha.
Sonha sonhos coloridos,
sonha sonhos de menina.

O vaga-lume

O vaga-lume
vagava
vagabundo
pelo mundo
com seu vago
lume.

O vaga-lume
de repente vê
algo que ilumina
quem crê.

O vaga-lume para
de vagar
e, num ponto certo,
começa a cavar
o chão seco
do beco.

Buraco feito,
o vaga-lume
acha um jeito
certo de focalizar...

Enquanto isso,
a luz produz
a única luz.
O vaga-lume deixa,
sem queixa,
a rainha
reinar sozinha.

De madrugada,
já cansada,
a lua se esconde
ninguém sabe aonde.

E o vaga-lume, então,
com toda a emoção,
solta sua luz.
É um forte lume
que cresce e cresce
e ilumina
e enaltece
uma velha cruz.

18

Brincando de não-me-olhe

Não me olhe de lado
que eu não sou melado.

Não me olhe de banda
que eu não sou quitanda.

Não me olhe de frente
que eu não sou parente.

Não me olhe de trás
que eu não sou satanás.

Não me olhe no meio
que eu não sou recheio.

Não me olhe na janela
que eu não sou panela.

Não me olhe da porta
que eu não sou torta.

Não me olhe do portão
que eu não sou leitão.

Não me olhe no olho
que eu não sou caolho.

Não me olhe na mão
que eu não sou mamão.

Não me olhe no joelho
que eu não sou espelho.

Não me olhe no pé
que eu não sou chulé.

Não me olhe de baixo
que não sou riacho.

Não me olhe de cima
que acabou a rima.

Cantiga do vento

O vento vem vindo
de longe,
de não sei onde,
vem valsando,
vem brincando,
sem vontade de ventar.

Vem vindo devagar,
devagarinho,
mais viração
que vem em vão,
e vai e volta
e volta e vai.

De repente,
o vento vira rock
e vira invencível serpente,
E voa violento
e vai velhaco,
vozeirão varrendo
várzeas, verduras
e violetas.

E vira violinista,
vibra na vidraça,
vira copo e vira taça,
e zoa e zoa e zoa
— uma zorra!

O vento,
mesmo veloz,
tem tempo pra brincadeira,
tem tempo pra causar vexame.
E enche a casa de sujeira
e ergue vestido de madame.

O palhaço Sanhaço

No circo, é um só coro.
No circo, é um só berro:
é ouro, é ouro, é ouro,
é ferro, é ferro, é ferro,
é aço, é aço, é aço.
Ninguém pode com o Sanhaço!

E o palhaço Sanhaço
leva cada tombaço
de quebrar o espinhaço.

E o Sanhaço não se cansa
e pula e cai na dança.
E diz cada besteira!...
Sanhaço vira criança
e não há criança
que não caia na brincadeira.

Todo pachola, anda e rebola.
Bate ferro na cachola,
equilibra-se numa bola,
cai, grita, chora e rola.
Depois, o corpo todo balança
e diz que amassou a poupança.

Levanta-se fingindo dor,
costela quebrada, corpo dolorid
Logo recomeça o estardalhaço
e o circo é todo som e colorido.
Sanhaço não conhece cansaço.

— Hoje tem goiabada?
— Tem, sim sinhô.
— Hoje tem marmelada?
— Tem, sim sinhô.
— E o Sanhaço o que é?
— É ladrão de muié.

O palhaço Sanhaço
não conhece o fracasso.
O palhaço Sanhaço
parece feito de aço.

24

Canção de ninar

Menino, dorme depressa.
Depressa, menino, dorme.
Dorme depressa, menino.
Menino, depressa dorme.

No céu, o seu anjinho
já cansou de vigiar.
Nas nuvens, seu carneirinho
nem tem força pra berrar.

Da lua, São Jorge é o soldado
e atrás do dragão já vem.
Se encontra você acordado,
ele leva você também.

As galinhas, no galinheiro,
dormem em completa paz.
Lá na praça, o pipoqueiro
nem vende pipoca mais.

Agora dorme, menino.
Menino, dorme agora.
Dorme, menino, agora.
Menino, agora dorme.

Patati, patatá

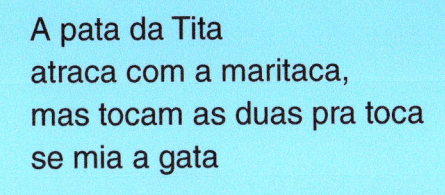

A pata da Tita
só empata caminho
e leva tapa
de todo vizinho.

Patati, patatá,
patatá, patati.

A pata da Tita
topa qualquer fofoca,
e por isso se empaca
no caminho da copa.

Patati, patatá,
patatá, patati.

A pata da Tita
atraca com a maritaca,
mas tocam as duas pra toca
se mia a gata

Patati, patatá
patatá, patati.

A pata da Tita
trepou na tampa do pote
e jogou pena no melado.
A Tita deu um tranco danado
na pobre da pata.

E a pata deu patada
até na própria pata.

Patati, patatá,
patatá, patati.

A galinha e a vida

A galinha
quando fica tiririca,
perde a linha
e cisca que cisca
e bica que bica.

A galinha
quando perde a linha,
só fala sozinha:
— Que vida!...
— Que vida!...

A galinha
quando está calminha,
se veste de gala,
apruma as penas,
apara as unhas,
apura o bico
e fala rindo:
— Que viidaa!!
— Que viiidaa!!!

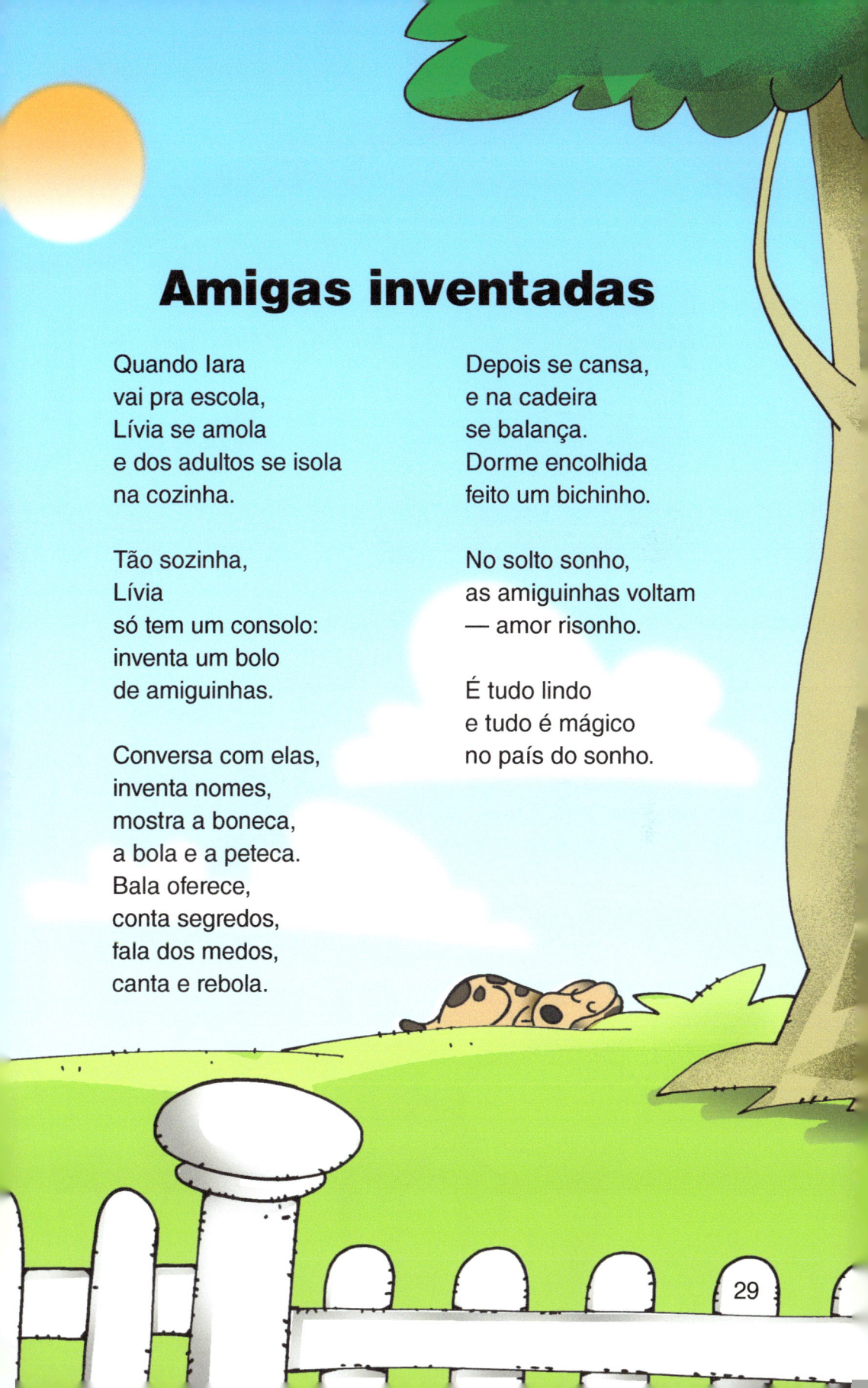

Amigas inventadas

Quando Iara
vai pra escola,
Lívia se amola
e dos adultos se isola
na cozinha.

Tão sozinha,
Lívia
só tem um consolo:
inventa um bolo
de amiguinhas.

Conversa com elas,
inventa nomes,
mostra a boneca,
a bola e a peteca.
Bala oferece,
conta segredos,
fala dos medos,
canta e rebola.

Depois se cansa,
e na cadeira
se balança.
Dorme encolhida
feito um bichinho.

No solto sonho,
as amiguinhas voltam
— amor risonho.

É tudo lindo
e tudo é mágico
no país do sonho.

O cavalo alado

O cavalo alado
não come grama,
não come milho,
só come flor.

Come flor
devagarinho,
de mansinho,
com carinho
e amor.

No gesto
de comer,
alegra
o seu viver
e põe na vida
toda emoção.

Sabe ele que,
no chão,
mais que flor
ou comida
colorida,
há a fonte
da vida
e do amor.

E continua,
risonho,
comendo a vida,
comendo sonho,
comendo flor.

Orquídea

A orquídea
é diferente,
é superior.
Não é gente
nem é flor.

Jeito de artista
de muita linha,
ela é atriz,
é rainha,
é modelo
e é feliz.

Não é flor
de todo dia,
mas irradia
um não-sei-quê.

Cheia de fama,
formosa dama,
se esconde
e ninguém vê.

O gafanhoto

O gafanhoto
é maroto
e com os garotos
tem cartaz,
quando vem sozinho,
dando pulinho
pra frente
e pra trás.

Mas se os gafanhotos
chegam em bando,
é um espanto,
causam terror
pela sede
de comer verde,
de comer flor.

Pior que gafanhotos
em bando,
roçando feito foice,
só mesmo um bando
de garotos
perto de um prato
de doce.

Vontades

Lívia vivia dizendo
que queria ser
cegonha,
zebra,
peixe,
borboleta,
abelha,
gata
ou passarinho.

Coruja não,
que é muito feia
e, coitada,
nem dorme direito.

Girafa não,
que é muito grande
e só tem pinta,
carne,
osso
e aquele imenso,
imenso pescoço.

Um dia,
Lívia sonhou
que virou sabiá.
Muito bonita era,
mas como sofria!
Toda noite
e todo dia,
pulando pra lá
e pra cá,
fechadinha na gaiola,
sem poder voar.

Lívia
acordou chorando.
E abriu a goela,
gritando pra mãe
que era duro
ser bicho
e agora queria ser
só ela.

Namorinho de portão

Rei,
capitão,
soldado,
menino,
ladrão,
e a menina bonita
namora os cinco
do portão.

Ei, seu capitão,
o sol é rei,
e o sol é dado,
mas vale um trilhão.

Já sei
que o soldado
solda dados
e cobra caro
do menino e do ladrão,
mas solda dado
pro capitão.

Olhe cá, seu ladrão
não roube a menina
do portão.

Eu sei, senhor capitão,
não foi pro rei
que ela jogou um beijão.
Foi pro menino
que é rei
pra menina
do portão.

Bão-ba-la-lão

Bão-ba-la-lão
senhor capitão,
espada na cinta
sorvete na mão.

Bão-ba-la-lente,
senhor tenente,
a tropa na frente
e a moça na mente.

Bão-ba-la-lim,
senhor Serafim,
dinheiro no bolso,
nem liga pra mim.

Bão-ba-la-lom,
senhor garçom,
serve pra gente
bala e bombom.

Bão-ba-la-lum,
senhor Viramum,
o pé na estrada
sem rumo nenhum.

Menina, menina

Como ficará o rio,
menina,
quando seu barco partir?
Tudo ficará tão frio,
menina,
quando seu barco partir.

Você partindo,
menina,
como num voo de pássaro,
vai acabar ficando,
menina,
na vida deste espaço.

Se eu tivesse dinheiro,
menina,
se eu tivesse idade,
segurava você aqui,
menina,
ou deixava esta cidade.

Como vou ficar,
menina,
quando seu barco partir?
Vou chorar muito,
menina,
quando seu barco partir.

O fogo do pavão

O pavão bebeu, bebeu,
o pavão bebeu licor.
O pavão cantou bonito,
isso é paixão de amor.

O pavão bebeu, bebeu,
o pavão bebeu cachaça.
O pavão cantou um tango,
o pavão bebeu de graça.

O pavão bebeu, bebeu,
o pavão bebeu batida.
O pavão cantou um samba
e se esqueceu da partida.

O pavão bebeu, bebeu,
o pavão bebeu vinho.
O pavão cantou tão alto
que acordou muito vizinho.

O pavão bebeu, bebeu,
o pavão bebeu de tudo.
O pavão ficou de fogo,
fechou o leque, ficou mudo.

As tias

A tia Catarina
cata a linha

A tia Teresa
bota a mesa.

A tia Ceição
amassa o pão.

A tia Iraci
ri que ri.

A tia Joana
é a grande mana.

A tia Lela
espia da janela.

A tia Dora
só namora.

A tia Cema
teima que teima.

A tia Maria
dorme de dia.

A tia Tininha
faz rosquinha.

A tia Marta
corta a bata.

A tia Salima
fecha a rima.

Canção em ó

Cocoricó, cocori, cocoricó,
no terreiro da vovó,
se apoiando sem dó,
numa perna só,
cocoricó, cocori, cocoricó,
canta o galo carijó,
canta o galo rabicó,
canta sempre só,
canta sem dó
uma cantiga só:
cocoricó, cocori, cocoricó.

AUTOR E OBRA

ELIAS JOSÉ é mineiro de Santa Cruz da Prata, a Pratinha, e vive em Guaxupé. Casado com a Silvinha, tem três filhos moços: Iara (já casada e formada em Direito), Lívia e Érico, quase forma-dos em Psicologia e Jornalismo. Professor aposentado de Literatura Brasileira no ensino médio e superior, tem mais de cem livros publicados: contos, romances, novelas e poesias para adultos, jovens e, sobretudo, para crianças. Recebeu muitos prêmios importantes e tem muitos textos traduzidos. Já vendeu mais de um milhão de livros juvenis e infantis. Sua obra já recebeu muita crítica positiva, apareceu em dicionários especializados em literatura, no *site* de poesia do Itaú Cultural (acesse: www.itaucultural.gov.br — literatura brasileira/poesia infantil). Os livros premiados representaram o Brasil em feiras internacionais do livro. Muitos poemas foram musicados e alguns gravados em fita cassete e em CD, em estudo para ser editado nacionalmente.

Elias adora ver crianças com os seus livros nas mãos, atrás de um autó-grafo, fazendo uma crítica ou dando-lhe uma sugestão. Mais emocionado fica quando lhe mostram poemas criados a partir de um dos seus. Versões de **Brincando de não-me-olhe**, por exemplo, já recebeu centenas, muito divertidas, com rimas inesperadas.

Se você quiser brincar de poesia com os poemas de Elias José e quiser que ele veja, só lhe dará prazer. O endereço? Mande o seu texto (ilustrado ficará mais bonito) aos cuidados da Editora Moderna, que será encaminhado com carinho.